JN151114

句集

水の器

Mizu no Utsuwa | Minouchi Keita

水内慶太

本阿弥書店

句集　水の器＊目次

装幀・渡邉聡司

句集

水の器

水内　慶太

恩光

―

Onko

平成二二年〜二一年

平成一二年

山口湯田温泉にて村上護さんと

こがらしと風来坊が湯に浸る

母へ擦る燐寸の音や雛あられ

一幅に一葦一鱗水温む

この一樹囀りしぐれとは言はむ

花疲れとはありがたき疲れかな

峰の星みな熟れてをり霜くすべ

巣立ちゆく海図もつとも青き方

子燕の口に触れ行く霧笛かな

蒼き海月花のひとつに加へたる
ひたすらに砂漠を蟻が影運ぶ

空蟬の黙々と雲積んでをり

水底にかなかな溜まりなどあらむ

空青く深く新豆腐の真上

菊枕夢を外すもよかるべし

書淫せる月の羽音を遮《と》ぢてより
靡くとふことと秋風に任せたる

蟷螂の枯れ草木に及びけり

風にはや雪の香《かざ》ありきりたんぽ

平成一三年

流寓のいつか氷柱を太らせて

外套の裏を深紅に世を逸れし

凍瀧に水が水押す形かな

寒柝や水は水もて裏打す

今生は不覚海月のただよふも
胸襟を瀑の音もて閉ざしけり

光陰の鏃泉下に向く晩夏

朝顔や鏡は眠り許されず

月明にほつれもあらぬ雲の網
伐り伏せの竹まだ風を離さざる

月明や無花果死後に咲くならむ

高千穂日向　二句

柚は釜に貝は碁石に化す日和

舞人《ほしやどん》の眉間は冬の星宿し

中原道夫先生枝垂桜植樹

縁とふ糸あり枝垂桜かな

平成一四年

根の国の余花をめぐりて戻り来よ

ハンモック吃水深くまどろみぬ

湯のぼせのやうに牡丹の咲きみつる

潮の瀬の狂気四角に箱眼鏡

澄む水に雲のうろくづ沈めたる

馬肥ゆる野の果てに母葬る日も

洛北や山よそほへば水もまた

半蔀は目蓋のやうや小六月

而して言下に冬は犇めきぬ
一番星に聖樹の巓を空けておく

平成一五年

初景色とふつねの山つねの川

極上の夕日呑み込む鮟鱇よ

人の手を経て来てぬくし雪礫

水鳥や臓器に対のもの多し

玉蒿苣の胎内仏を納めゐる

電流の唸りて桃の咲きにけり

ともづなに春日束縛されてをり
滾々と花は湧くとふことをせり

水系に寒村いくつ花筏

突堤に夏繋がれてをりにけり

虹生えて来るまで穴に水遣りぬ

なみなみと星を展げてビール酌む

鮫の目をして水無月の岸にをり

水に泛きゐる終戦の日の夕日

月を待つこころ水面の調へり

船底の富士壺覚めよ碇星

月光に五重塔の羽繕ひ

雲の根に母郷のありぬ渡り鳥

冬をつなぎし列柱にはたづみ

行者法螺吹いて寒暮を早めたる

一川に鈴生りといふ浮寝鳥

初渡舟野菊の岸を突き放し

平成一六年

白息の吐息をもちて応へたる
船来の春の寒さの碇泊す

さくらさくら月下の俘虜として満つる

青臭く老いてゐるなり箱眼鏡

裏山のこゑを聴きゐる夏断かな

マドリード　サン・シイドロ祭

炎帝を操る闘牛士のムレタ

噴水や石の広場の朝の市

端居せる背後にことば灯しけり

夕月を甍にむかへ祭鱧

星は疎に色を尽くして走馬灯

新涼といへど脳《なづき》の模糊とあり

鳩吹や老いにもありぬ口唇期

袋戸に畳み込まれし月の香

爽やかといふこと人の生死にも

あるだけの秋灯黄泉へ届けたる

稜線をゆるりと冬の降りてくる

本館の朝湯を貰ふ漱石忌

豆乳の嫌ひなころの雪をんな

平成一七年

囀りの一樹空母のごとくあり
啓蟄の女人がひとり家を棄つ

さくらには触れず孤峰のことをいふ

えごの花こゑ交さねばこころ飢ゑ

軍艦を見送る中の黒日傘

濡れてゐる空に風鈴吊しけり

富士山

木や岩の耐へゐるかたち山開

湖北　二句

瓔珞の初《うぶ》なる秋の風に鳴る

立つ波に風姿の生れて余呉の秋

知床　三句

コスモスや馬ゐて牛ゐて兜太ゐて

囚人《めしうど》や釣瓶落しを灯に加ふ

国後をかくも真向ふ鮭番屋

星の出を待たずべつたら市灯る

すが漏や海抜以下の町に住み

瑞牆《みづがき》山の瑞を塒のもがり笛

かたかごに風かたくして峡晴るる

平成一八年

西塔に東塔の影つばくらめ

轆轤の手止めて海市を見にゆかむ

渡り鳥づぎづぎ景に棄てらるる
しほさゐの間遠を若狭しぐれかな

平成一九年

夕星の蜜語あるべし軒氷柱

安達太良は空を離さず花林檎

きりぎしを宙に立てかけ滴れり

流しさうめん池田澄子を逃れくる

陶枕の唐子いづくへ誘ふや
ほつこりと一日空いて草の花

潮流を狭めての急雁渡し

星狩や藁塚の影藁塚に

遠からぬ昔に師在り温め酒

こがらしを沖より運びくる艀

平成二〇年

星の井を汲めば淑気のおのづから

山眠るけのもののために径入れて

早蕨や里山のまだ眠たさう

初てふの蹤いておいでと櫓の軋む

月山の月匂ひ立つ雪の果て

風船や空は海より底のなし

葉桜や洗ひたてなる闇育て

枇杷青む不器男に雨の匂ひたる

負け牛の闘志鎮める緑雨かな

はつあきかぜこころの凪に触るるべし

冷まじきあれは鬼火か唐の灯か

水に鳥びつしり咲いてゐる寒さ

重く暗くはたはたが来る雲が来る

引く鶴のこゑを雲居にのこしゆく

平成二一年

死後の景なり螢烏賊さわぐなり

すでに老獪薬王院のうぐひすは

外寝とは酔生夢死のかく似合ふ

死角から視覚へ月のひきがへる

月光の絡むよからすの花
かさなりしものに生き死に星月夜

山車を待つ軒端揃ひの秋の風

夕ぐれはこゑに艶出てふぐと汁

光炎
—
Koen

平成二三年

蒼鷹ほんの少しの青空へ

ぞつき本積んで蛙の目借時

眼中に遊ばせゐたる春の星

海峡に竜飛白神《しらかみ》岬石ひひな

ぶらんこを幼き日まで漕ぎに漕ぐ

引く白鳥に青空の羽ばたけり

花は散り桜は散らすといふ愉楽

尖塔に花は朧をつくしたる

天つ日の傍系としてしゃぼん玉

日輪の灘に煮詰まる焼きさざえ

小石川後楽園　二句

野遊びの卓に借りたる膝がしら

脳《なづき》より重たき図鑑拡げ夏

卯波かな真砂女が戀を語るとき
石に出て蜥蜴は瑠璃をひけらかす

箱根　二句

あめんぼの凹ませてゐる水の星

帆船の夏を水師の裔に就く

園《ゑん》邑《いふ》の昼を粛々夏わらび

しらさぎの白き黙考もやひ杭

五月雨の点景として炒《いり》船《ぶね》

灯さず酌まず山気の涼を汲む

昼顔の顔を揃へて海を聴く

裏筋の風死す油の香醤の香

山開き

雲踏んで詩系を接げば瑠璃啼けり

雪渓を踏みはつこひの次の恋

句作りに雄ごころたもて白絣

風簷に吊せば金魚飛びたがる

富士に父事して山番の星祭る

若狭名通寺　二句

ひぐらしに貸す国宝の塔の三重

秋蟬に古塔はただの一大樹

五箇村

秋しぐれ多層民家の灯を濡らす

郡上八幡

沈思なき秋のふうせん葛かな

影として景《かげ》立ち尽くす広島忌

悼　皆川盤水先生

月山の秋の峰雲いつまでも

こすもすとこすもす嘆じ合ひゐたり

神鏡のくもりなき日の水や澄み
菊の日の山家に村酤たまはりぬ

※村酤＝村造りの酒

信州姥捨　二句

稲架が稲架かくす姥捨千枚田

稔り田に雲はいろくづ拡げたる

皮《ぴー》蛋《たん》の琥珀にこもる十三夜

どこか濡れゐる十月の青い空

みづうみは空のさざなみ走り蕎麦

冬あたたか荒磯の岩の観自在

極東の舷梯に冬立ちにけり

波郷忌の葱鮪に酔ひを深めたり

海溝のあれば陸《くが》あり鮟鱇鍋

柴漬や水底の闇美しき

波郷忌過ぐ墨東二里を徒とほす

冬の燈をワイングラスにレノンの忌

ぬけぬけと一村窃《ぬす》む雪しまき

燐光

—

Rinko

平成二三年〜二四年

平成二三年

白鳥のこゑは頭蓋に入りたがる

億光年旅してをりぬ日向ぼこ

冬の九絵億光年を漂泊す
刻骨の恨みを溜むるうるめの目

こころざしはるかになまこむつみゐる

探梅の水に姿を盗られけり

東日本大震災　八句

龍天に登りし後の瓦礫の山

かげろふの芯におらびとしかばねと

外に出でよ春月のかく円なる

春窮や船のごとくに家流れ

阿鼻地獄叫喚地獄八重霞

地異の野の渺渺とあり陽炎へり

町も村も海市のごとく壊《かい》頽《たい》す

地異に母なくて安心花朧

ほたる烏賊汲まれて青き火勢上ぐ

みよしのの花に酌むべし夜光杯

耕しに似て再会の一語一語

寺子屋のやうな木のあり囀れり

花が枝のその奥つ城に触れむとす
死ぬといふ一遊のこし大朝寝

夏の蝶空に道あり死角あり

天険に風の崩るる山開

毘沙門天善國寺裏甘露水

かなかなかのかなのくらさにひともせり

海見ゆる高みへ鷹の山別れ

八月のはたて骨身に染むるもの

噴く水に秋麗の虹加へたる

月を待つ千曲《ちくま》川は常の流れにて

千枚の田に千枚の虫のこゑ
八月の石の記憶のくらさかな

姿見の裏へ不知火まはりこむ

尾根あれば高き木のあり鷹渡る

ふらずみの山垣かくす稲架襖

月光にひそるほとけの思惟の指

五千石先生の忌

畦秋忌を思へば木の実あたたかし

平成二四年

明鏡の吐き出す冬の霞かな

凍蝶や胃の腑の壁の襞浅き

月面の海のまどろむ三日かな

狐火のたびたび燃ゆる地異のあと

月ながら雪の水車の軋みゐる

頼朝の海を鎮むる藪つばき

雁風呂の汐木に種火しぶりけり

見返しに沈丁の香のまぎれこむ

口実の雨を待ちゐる花菜漬

舷灯に広ぐる海図さくらまじ

青写真より蜃楼《かひやぐら》食み出しぬ

桜蘂降り聖戦のいまもなほ
はろかより草の一笛つかさどる

列柱を羈《き》束《そく》してゐる夏館

籐椅子の窪みに残る月の香

ほうたるやすでにむかうの岸ならむ

蟬殻の背は耳鳴りの震源地

青簾ぬけきてにほふ風の傷
崩るるは簗のみならず山河はも

鞦《しりがい》を解きていよよ天高し

はらいそを追放されしいぼむしり

五千石先生の忌

酒絶ちて七曜過ぐる畦秋忌

渡り鳥水尾曳く空の深ければ

玄海は底なるうしほ鰯雲

篠笛や蘆火のゆらぐ向かう側

野仏に風のあつまる草の花

禽声に鳥海山《てうかい》はまた雪を積み

こがらしや星斗は光したたらす

愛日
—
Aijitsu

平成二五年〜二七年

平成二五年

淑気おのづと言問の水のこゑ

ごまめ煎る地獄絵図とも睦むとも

手毬つく手の作りだす闇のあり

白鳥にこゑ掛けらるる自祝の日

冬ざくら屍は夢を離さざる
雪嶺にとよむ糶場の柝の音

かもめかもめ冬日の芯にわだかまる

恵《ゑ》具《ぐ》の香のたゆたふ夢の逢瀬かな

山風のまだてふてふを招かざる
月山を居《ゐ》久《ぐ》根《ね》のあひに囀れり

蜥蜴出てオセロは黒に反転す
せせらぎのひかりに揺るるハンモック

黒薔薇やギリシャ神話の畏ろしき
わたつみの枕詞の水母かな

海星海月昊《そら》に還れぬことを嘆く

悼　村上護先生

灯の涼し加餐の甲斐の三年かな

座持よき流灯あれはきつと母

白帝に窟《うろ》の水琴澄みゆけり

寡黙なる兄の背に鳴る添水かな

十字架や五千石忌の月の畦

白毫のひかりひとすぢ冬の菊

凍鶴の凍て声色におよびけり

平成二六年

片雲のこころを旅の三日かな

下田

海鼠突きときをり陸に目を遣りつつ

光芒のひとすぢ猟銃音のあと

木流しの水尖り合ひ光りあひ

熟考のはたて黙解く春の瀧
かりそめややゆるぶを咲くとむめさくら

山頭火護と酌まむ花の昼

手花火の匂ひ出したる水の創

蟬声に氷室の闇の熟れゐたる

旅にゐて書淫をとほすきりぎりす

草の実や地層に積もる火の記憶

五千石先生の忌

台風の眼中にゐる畦秋忌

水ならぬ水の澄み酌む寝待月

温め酒立志のきのふ見うしなふ

羽繕ふ鷹のうしろの水はしる

日に座せば吾のおのづから冬の石

雪の降る街に売られてくる魚族
はくてうの群るる愚直な雲の底

二重廻しの翼に不実隠しけり

平成二七年

飾り昆布提げ勝鬨橋を渡りくる

ちんちんと鳴かせて春の長火鉢

待たれゐること疑はず亀鳴けり

花どきの水病むごとく澱みけり

いかなごや昼より日暮明るくて

この星の臍に散華の瀧桜
あくがれの一つに客死花万朶

おぼろ月あげて砂丘の流れだす

空に書く筆順夏の星座かな

食堂に贋作のモネひやさうめん

叱られて水汲みにゆく蛇いちご

ソーダ水海図にインド洋の風

村上護先生の忌

まもさんと同行ににん水の夏

月に触れ落ちゆく雁よわが晩夏

八月のカンナは暗くイちゐたり

五千石先生の一八回忌

琥珀忌や蒼ざめてゐる雨後の海

風よりも白き一叢蕎麦の花

京都　二句

街道は若狭へ下るはつしぐれ

洛北の風にめぐるよ鉢叩

絹たたむ音をそびらに海鼠噛む

破れ樋氷柱を吐いてをりにけり

外套の裏の明治がひるがへる
はくてうに白きもの降る日暮かな

句集　水の器　畢

あとがき

『月の匣』以後の一五年より三一〇句を編んで『水の器』と題した。

およそ人は六割から七割が水だといわれている。水は万物の形成にかかわり、人や花や鳥などの生命体を創造させて、形而下に形という器を見せてくれる。いわば「水の器」は私自身なのである。

『月の匣』に後記した「遊び心を持ちながら、今日という糊の効いた真っ新な日々を生きる証として詠う」を実践し得たかどうかは定かではないが、良く遊び良く呑み、上田五千石先生の享年を遥かに超える齢となった。

先生の言葉の中では特に「俳句の上達を願わないものはないが、人と競うということは多少の励みになっても、ただそれだけのこと。競うべきは、たたかうべきは〈きのうの我〉の作でしかない。〈きのうの我〉に満足し、旧作に悦に入っているようなら、もはや上達も進歩も深化もないと心得ていい。問題は常に〈今日の上〉にしかない」が印象的である。先生の口吻に倣えば、この句集『水の器』の作品はすでに旧作であり、つねに自分の中の水の器を新鮮なもので満たしていかなければならない。

句集刊行にあたり、選句を煩わした仲間、また本阿弥書店の皆様に真心より感謝申し上げたい。

令和元年　若夏の頃

水内　慶太

著者略歴

水内　慶太（みのうち・けいた）

昭和18年12月４日　北京市生まれ。
昭和59年　上田五千石に入門。
　　　　　五千石の「俳句は詩である」のゼミにて学ぶ。
昭和62年「畦」初投句。
平成元年「畦」同人。
平成２年　俳人協会会員
平成３年「畦」新人賞受賞。「畦」事業部長。
平成６年「畦賞」受賞。
平成９年「畦」終刊。
平成10年「銀化」創刊、中原道夫に入門。
平成11年「銀化」同人。同人会長。
平成14年　句集『月の匣』上梓。
平成22年「月の匣」創刊、主宰。

現住所　〒136-0073　東京都江東区北砂5-20-18
　　　　　　　　　　アーバンハイツ北砂308

句集　水《みづ》の器《うつは》
2019年６月20日　発行
定　価：本体2800円（税別）
著　者　水内　慶太
発行者　奥田　洋子
発行所　本阿弥書店《ほんあみ》
　　　　東京都千代田区神田猿楽町2-1-8　三恵ビル　〒101-0064
　　　　電話　03(3294)7068(代)　　　　　振替　00100-5-164430
印刷・製本　三和印刷

ISBN 978-4-7768-1431-3（3147）　Printed in Japan
©Minouchi Keita 2019